Also
wirklich!

Also wirklich!

von
Jo Berger

Beim Lesen dieser Lektüre ist es gestattet, zu lächeln und sich ein Loch ins Knie zu grinsen.

Gedichte zum Schmunzeln und Nachfühlen

33 Reime, humorvoll illustriert, geben allerlei bekannten Lebenssituationen ein Gesicht. Eine stimmungsvolle Tour durch Höhen und Tiefen der weiblichen Gefühlswelt. Höchst unterhaltsam und famos gereimt!

Berger dichtet geschickt, locker von der Leber weg, stets punktgenau und erfindet herrlich absurde Zeilen hinter gewöhnlichen alltäglichen Situationen.

Das perfekte Geschenkbuch für alle Frauen.

Bibliografische Information der Deutschen Nationalbibliothek:
Die Deutsche Nationalbibliothek verzeichnet diese Publikation in
der Deutschen Nationalbibliografie; detaillierte bibliografische
Daten sind im Internet unter: http://dnb.dnb.de abrufbar

Print-Ausgabe: 1. Auflage, April 2016
Copyright © 2016 Jo Berger, Weinheim, All rights reserved
Herstellung und Verlag
BoD - Books on Demand, Norderstedt

ISBN: 978-3-8391-4535-7

Traummann

Klassisch, mit Geschmack und Stil.
Mit Esprit, aber nicht Zuviel.
Intellektuell und kultiviert,
Ehrgeizig und distanziert,

Humorvoll, kreativ, sensibel,
Erfahren, träumerisch, penibel,
Gefühlsbetont, meditativ,
Provozierend, sinnlich, positiv,

Treu, beständig, elegant,
Lässig, interessiert, gewandt,
Attraktiv und eigenständig,
Natürlich, selbstlos, sanft und wendig,
Beschützend, ehrlich, tolerant,

Offenherzig, stolz, charmant,
Männlich, locker, ausdrucksstark,
Integer, sportlich, reif, autark,

Feurig, lebhaft aufgeweckt,
Und …

Noch von Keiner
Außer mir
Entdeckt.

Liebeserklärung

Was würd ich alles für Dich tun?
Ich würd in Deinem Schoße ruh´n,
Dir den verspannten Nacken kneten,
Tagtäglich würd ich für Dich beten

Ich würd Dir Deine Schuh' polieren,
Mich bei Licht nicht mehr genieren,
Mir Edel-Spitzenwäsche kaufen,
Und täglich sporteln oder laufen.

Als Kumpel mit Dir Starkbier trinken,
Im Rausch der Sinnlichkeit versinken.
Beim Sex wie wilde Katzen fauchen,
Und vielleicht aufhören zu Rauchen.

Mit Ölen würd' ich Dich verwöhnen,
Nie den Mann in Dir verhöhnen,
Mit Deiner Mutter Wäsche waschen,
Niemals durchsuchen Deine Taschen,

Mit Dir zu Fußballspielen gehen
Und stundenlang im Kalten stehen,
Über Deine Witze lachen,
Und einen Handstand für Dich machen.

Du würdst mich tausendfach begehren
Und mit Liebesglut bedrängen.

Dann würd ich Dir
Zum Hals raushängen.

Leichte Beute

Der absolute Mann der Träume
Rauscht eben grad an mir vorbei
Und flugs bin ich auch schon dabei
Mein Herz mal wieder zu vergeben,
Das zwölfte Mal in meinem Leben.

Dieses Spiel regt immer wieder auf´s Neue
alle Sinne an,
Bis ich gar nicht anders kann,
Denn mein Blut ist heiß flambiert.
Anstandsmäßig distanziert

Geb ich mich als smarte Dame
Die erobert werden will,
Auch wenn die Schmetterlinge schrill
In der Magengrube bohren
Hab ich mir Kühlheit angeschworen.

Bis der Kreis sich enger zieht ums auser-
wählte Beutetier.
Kniend dann erliegt er mir.
Der Vorgeschmack läßt ihn erschauern.
Von mir aus kann´s noch Wochen dauern

Dieses Reizen der Sensoren.
Jede Anspielung muß sitzen
Der Mann in heißer Wollust schwitzen,
Mich mit Haut und Haar begehren,
Ich werd mich gezielt dagegen wehren

Bis der Siedepunkt erreicht.
Dann zieh´n die Schmetterlinge fort,
Doch das Beutetier vor Ort
Ist vor Sehnsucht hingerissen.
Den Erfolg, den wollt ich wissen.

Diät!

Ab morgen kommt DIE Zeitschrift raus,
In der Professor Dr. Hagen
Den einz´gen Weg zur Schlankheit zeigt.

Ohne Hunger und Verzagen
Sieben Kilo in sechs Tagen.

Sie dürfen ohne Schuldgefühle essen, wie
ihr Bauch Sie lenkt.
Und öffnen Sie die Denkblokaden.

Schlank ist nur der, der schlank sich denkt
Und sich den Spiegel nicht verhängt.

Die positive Energie, die durch
Gedankenexpansion
Wie Licht durch Ihren Körper fließt,

Vertreibt die Lust am Essen schon
Und wird ganz leicht zum Angewohn.

Sie müssen nur die Grundgedanken,
Die schlechten Schwingungen, verlieren,

Sie müssen einfach nur das Bild des Schlechten
In das des Guten projizieren,
Und alles ganz dick mit Honig beschmieren.

Gemessen am Erfolg der Sache
Ist der Einsatz lächerlich.
Bei Abschluss Euro Tausendzwanzig,
Dann nur noch Hundert wöchentlich.

Sie werden staunen über sich!

Nur heiße Luft

Eine Stunde hart trainiert,
Danach noch ewig heimsauniert,
Stundenlang mein Kleid gebügelt,
Danach mein Wallehaar gestriegelt.

Und dank dem Body-Lifting-Peeling
Hatt ich dieses Pfirsich-Feeling.
So gestylt und aufgerüstet,
Auf dass es ihn nach mir gelüstet,

Lief ich strahlend bei ihm ein.
Nach vielen Küssen, drängend, wild,
Dacht ich, dass nun die Stunde gilt
In der keiner mehr die Grenzen scheut.
Ich hatte mich zu früh gefreut.

Nach zehn Minuten ausgepufft.
Der Vorgeschmack
War heiße Luft.

Die Frau von Heute

Es steht in Cosmopolitan,
In Freundin und in der für Sie.
Die Frau von Heute ist ein Renner.
Nicht der Mann, Sie ist Genie.

Endlich ist der Durchbruch da.
Die Frau, beruflich etabliert
Erfüllt sie jede die Frauenquote
Und ist beachtlich engagiert.

Was soll das alte Rollendenken?
Jetzt geht´s in die Chefetage!
Hausfrau und Mutter ist längst out.
In ist Gewinn und Bruttomarge.

Nach dem Dreizehn-Stunden-Tag
Wird ein Führungskurs belegt.
Der Mann ist auf der Looserlinie,
Die Frau zur Spitze sich bewegt.

Zum allgemeinen Wohlbefinden
Zählt Leistungssport als Kleinigkeit.
Sie ernährt sich vegetarisch
Und genießt nur »Körnung-light«.

Gestern las ich in der Zeitung:
Ein Run auf Psychotherapien!
Die Karrierefrau will wissen,
Warum die Männer vor ihr fliehen.

Die böse Laus

Zwecks allgemeiner Heiterkeit
Ist man gerne mal zum Plausch bereit,
Zu stillen jenen Wissensdurst:
Bei wem geht's wo um welche Wurst.

Und ob der Heimlichkeit Gewicht
Wird vorgenommen es als Pflicht,
Es nur im engsten Kreis zu flüstern.
Die Augen glänzen wohlig lüstern,

In Anbetracht der Neuigkeiten
Die den Mensch dazu verleiten,
Über Andere zu schimpfen,
Geziert das Näselein zu rümpfen,
So herrlich schlecht und fies, verkommen.

Es wird ja doch nicht ernst genommen.

Wenn doch ein Tropfen dieses Bösen
Sich von der Heimlichkeit kann lösen,
Bricht allgemeines Schweigen aus.
Denn keiner hat die böse Laus

Dem ander´n in den Pelz gesetzt.

Das Netz der Plauscher sich entnetzt,
Und alle sind recht lieb und nett,
Weil keiner je geflüstert hätt.

Aufgebrezelt

Es ist für uns allzeit ein Graus:
Die Konkurrenz sieht besser aus.
Drum wird gecremt, geschminkt, gefastet,
Spontan noch zum Friseur gehastet,
Sich in der Sauna schöngeschwitzt,
Auf dass die Hose wieder sitzt.
Die Dauerwelle wird frisiert,
Die Nägel leuchtend rot lackiert.
Hinausgeworfen all das Geld ...
Einzig für die Männerwelt?

Vom Sehnen und Suchen

Irrwege

Unruhig, rastlos
Irre ich durch
Mein Leben und suche dich.
Ich kenne dich nicht.

Begeistert, euphorisch
Stürze ich mich
In jedes Wasser, weil ich dich
Darin zu erkennen glaube.

Erschreckt, bestürzt
Stelle ich fest:
Ich schwimme in die falsche Richtung.
Ein Umweg zu dir?

Gefahr

Hätte ich
Vorher gewußt
Dass du nicht nur
Meinen Mund
Sondern auch
Mein Herz berührst

Ich hätte die Flucht ergriffen.

Weißt du ...?

Weißt Du
Wie es ist?
Es zieht im Bauch.
So lang vermisst.
Spürst Du,
Es ist schön,
Sich küssen und dabei
Im Regen steh´n.
Denkst Du
Auch nicht an die Zeit,
Die um uns
Einfach stehen bleibt?
Weißt Du,
Was es für mich heißt,
Dich zu Lieben?
Du weißt.

War da was?

Wenn du
Nach einer gewissen
Nacht
Eine gewisse
Traurigkeit
Empfindest,
Ist das nicht
Weiter wichtig.

Oder war da etwa doch
Dein Herz beteiligt?

Solo

Ohne Liebe

Dein Atem
Brennt auf meiner Haut
Ich begehre
Deine Hitze in der Nacht

Ohne Vorsicht

Deine Augen
Durchdringen mich
Ich falle
In das Meer der Sinne

Ohne Zögern

Deine Wildheit
Reißt mich mit
Ich lebe
Im Jetzt unserer Leidenschaft

Ohne Skrupel

Deine Gedanken
Ziehen an mir vorbei
Mich schmerzt
Der Dolch der Erkenntnis

Ohne Liebe

Zu glatt

Schon ungefähr seit dreizehn Tagen
Starre ich unentwegt
Auf mein Telefon
Und stelle mir tausend Fragen:
Zum Beispiel, was mich dazu bewegt
Mich so zum Narren zu halten.

Du wirst meine Nummer nicht wählen.
Hast sie vergessen, bestimmt.
Wie meine Küsse in der kalten Nacht.
Nicht mal die Erinnerung wird dir fehlen,
War am nächsten Morgen schon ver-
glimmt,
Wie eine weggeworfene Zigarette.

Die Erkenntnis weicht dem Schmerz,
Der allein getragen wird vom Stolz.
Das Einzige, das verletzt
Wurde, nicht das Herz.
Du bist so glatt wie nasses Holz,
Und es verdammt nochmal nicht wert.

Entscheidung

Die Vorstellung
Ohne dich zu existieren,
zu fühlen, zu schlafen, zu lachen
Schlägt mir tierisch auf die Nieren,
Und doch

Muss ich Nägel mit Köpfen machen.
Seit Monaten
Reiße ich mich schier entzwei
Aus Verzweiflung, Liebe, Trauer.
Kämpf´ ich mich durch zähen Brei.
Und doch

Bin ich immer noch nicht schlauer.
Die Tatsache
Dass ich mich entscheiden muss,
Würde, Selbstachtung und Stolz,
Nimmt dem Brei den zähen Fluss.
Und jetzt
Schlag ich die Nägel in das Holz.

So fern

Dein Lachen,
Wie eine schlechte Kopie
Von Van Gogh.
So falsch.

Deine Worte,
Wie eine zerknüllte
Papiertüte.
So leer.

Deine Absicht,
Wie ein fließender
Quell.
So klar.

Deine Seele,
Wie unsere letzte
Nacht.
So fern.

Ein Stück Herz

Mit vernichtender Gewalt
Fegt der Herbsturm
Über die Ebene hinweg.
Selbst der kleinste Wurm
Verkriecht sich in die Erde
Bewegt sich nicht vom Fleck.

Laub wird von den Bäumen
Losgerissen und die Wellen
Des Meeres peitschen wild
An die Küste. Die grellen
Blitze, der Regen, der Donner
Malen mir ein zornig Bild.

Schmerzvoll heulend dringt
Durch jede Lücke
Der Sturm in alle Glieder.
Seine zerstörende Kraft
Reißt mein Herz in Stücke.
Ich finde es nie wieder.

In hemmungsloser Hysterie
Will ich schreien, fluchen.
Das Land, vom Regen überflutet.

Die ersten Sonnenstrahlen suchen
Das Schwarz des Himmels
Zu durchdringen.

Mir ist an dir mein Herz verblutet.

Es kneift

Da bohrt
Etwas in meinem Magen,
Wie ein schweres Ungehagen.
Fünfzehn Kilo Ziegelstein.
Es wird der Abschied von dir sein,
Der mir so schwer zu Tragen gibt.

Da legt
Sich mir was auf die Brust,
Und nimmt mir gänzlich jede Lust
Auf Lachen, Tanz und Fröhlichkeit.
Die Trauer macht sich jetzt wohl breit,
Da sie nun endgültig ist.

Da kneift´s
Mir in die Eingeweide
Und lässt mich aussehn weiß wie Kreide.
Mein Bett, so endlos leer.
Sie fällt mir so unsagbar schwer,
Die erste Nacht
Mit mir.

Es macht mich traurig

Es macht mich traurig,
Wenn ein Blatt fällt im Wind.
Wenn Menschen egoistisch sind.
Wenn ein Fisch im gekippten Tümpel
stirbt.
Wenn ein Salat ungegessen verdirbt.

Es macht mich traurig,
Wenn leise der Regen fällt.
Wenn eine Mutter Geschichten erzählt.
Wenn im Wind die Kirschblüten tanzen.
Wenn die Gärtner geometrisch pflanzen.

Es macht mich traurig
Wenn meine Hände ins Leere tasten
Wenn Frauen sich zu Tode fasten.
Wenn alle Vögel den Frühling begrüßen.
Wenn die ersten Vergissmeinnicht
sprießen.

Es macht mich traurig,
Wenn du nicht bei mir bist.
Wenn du meine Stimme vergisst.
Wenn ich den Duft deines Haares rieche.

Wenn ich mich schluchzend im Kissen
verkrieche.

Es macht mich traurig,
Wenn ich traurig bin ...

Vom Entlieben

Prozess

Irgendwann
Habe ich gemerkt,
Dass ich seine Liebe
Nicht mehr ertrage.

Irgendwann
War da ein Unbehagen.
Zunächst selten und vage
Nur kam mir ein Verdacht

Dass ihm nicht allzu viel an mir liegt,
Nur an der Puppe,
Die er biegt,
Nach seinem Gusto formen kann

Er formte mir
Die Liebe weg.
Ich habs gemerkt.

Irgendwann

Nicht unsere Zeit

Kennengelernt
Haben wir uns
In einer Zeit
Der Unbefangenheit.

Verliebt
In einer Zeit
Der Euphorie.

Begehrt
In einer Zeit
Der Sorglosigkeit.

Verloren
Weil es nicht
Unsere Zeit war.

Das tut weh

Im Herbst verfärben sich die Blätter.
Die Temperaturanzeige sinkt.
Meine Stimmung gleicht dem Wetter.
Mein Lachen hat sich ausgeklinkt.

Der Schnee fällt leise über Nacht
Und bleibt auf meinem Herzen liegen.
Schon heben sich die Vögel sacht..
Auch ich würd gern mit ihnen fliegen.

Das Laub betanzt den Herbstanfang,
Getrieben vom Novemberwind.
Der Frost im Herzen macht mich bang,
Die Tränen mir die Augen blind.

Die Blätter wurden fortgetrieben.
Eis bedeckt nun auch den See.
Ich kann dich einfach nicht mehr lieben.
Und das tut weh.

Leute gibt's ...

Männer

Oh, ihr Männer, ich verachte
Eure Art, zu Lieben.

Ihr seid nicht sanft und sachte,
Ihr wollt siegen.

Der Körper ist das Kapital,
Und euer Stolz, der allemal.

Ihr gebt euch schüchtern bis verklemmt,
Und seid doch in der Tat

Unterm Gürtel ungehemmt.
Und dann maßt ihr euch noch an,

Solche Frauen nicht zu wollen,
die scheinbar jeder haben kann.
Doch prompt habt ihr euren Hals ver-
renkt,
Nach einem prallen Hintern,
Weil ihr immer

Zwischen den Beinen denkt.

Muskelmann

Der Mann von Welt
Kommt auf den Nenner:
Bevorzugt werden Muskelmänner!

Die Brust so glatt wie'n Babyarsch,
Der Trizeps stark, die Stimme barsch,
Er mächtig den Gluteus spannt.
Die Damenwelt ist starr gebannt

Angesichts der Leibesfülle
Für's Zehntel Gramm Gehirn die Hülle
Der Solar Plexus ist umgeben
Von Brust- und Magenmuskelleben.

Zwecks Hilfe einer Braun-Tinktur
Glänzt er wie Schweineschwarte pur,
Und jedes Frauenherz erbebt,
Wenn er die Lungenflügel hebt.
Der Mann, mit Muskeln so behängt
Hat Gehirnmasse verdrängt,
Die Proportionen umgekehrt,
Was das Denken sehr erschwert

Und ihn auch nicht belasten kann
Denn, nur auf Muskeln kommt es an.

Die Unfreie

Du läufst
Mit Pfennigabsätzen
über Kopfsteinpflaster,
Hängst dich
An seinen Arm
Und hoffst,
Dass er dir hilft,
Nicht steckenzubleiben.

Trag doch einfach andere Schuhe!

Der Sportler

Die Knie schmerzhaft durchgestreckt,
Die Arme kräftig hochgereckt,
Wird der Körper forsch gebogen
Und bis zum Bersten stramm gezogen.

Es wird gehüpft und Seil gesprungen,
Und erst nach Kilometern Dauerlauf
Ist der Sportler richtig drauf,
Um zu Schwimmen durch den Weiher.
Das gibt Kräfte, ungeheuer.

Tag für Tag er streng trainiert.
Mit starkem Willen, ungeniert,
Missachtet er den Muskelschmerz.
Und stirbt zum Schluß.
Am Sportlerherz.

Der Griesgram

Es liegt dem Gram in der Natur
Nur einzig an sich selbst zu denken,
Denn das Leben aller andern
Wird der liebe Gott schon lenken.

Drum lebt er treu nach der Devise:
Taktvoll geht die Welt zugrunde.
Und weil er auf die Einsicht stolz,
Blickt er höhnisch in die Runde.

Er braucht keine anderen Menschen,
Die ihm pflegen seine Wunden.
Auch wenn vielleicht er welche hätte,
Bis heute ist noch nichts gefunden.

Doch irgendwann schlägt seine Stunde.
Das Alter naht mit langen Schritten.
Bald liegt er greis und krank darnieder.
Nie, niemals hat er so gelitten.

Keine Hand da, die ihn tröstet.
Er bräucht ein wenig Liebe nur
Er spürt, dass Liebe, Leid und Sehnsucht
Liegt dem Mensch in der Natur.

Der Aufsteiger

Es wurde einst ein recht Gescheiter
Befördert zum Abteilungsleiter.
Mit Tücke und mit Ellenbogen
Hat er sich quallig hochgezogen,

Absichtlich mies und unentwegt
An des Kollegen Stuhl gesägt,
Ihn angeschwärzt zu jeder Zeit,
Über Fehler sich gefreut.

Devot ist er zum Chef gekrochen,
Hat sich bestrebt dort freigesprochen.
Um Anerkennung zu gelangen,
hat er andere aufgehangen.

So ist ein Riesenstück er weiter
Auf der Karriereleiter.
Dank dem Streben des Gescheiten,
Darf er alsbald die Gruppe leiten.

Doch in des Amtes breiter Hülle,
Spuckt er alsbald Gall und Gülle.
Bis er gesteht zu guter Letzt,
Dass er sich maßlos überschätzt.

Der Chef

Sie wollen ihr Gehalt erhöhen?
Wie um alles in der Welt
Können Sie dies nun begründen
Was Sie mir so frech verkünden?

Sie erhielten gerade letztes Jahr,
Moment, ich muss mich kurz entsinnen,
es waren gar zehn Euro mehr?
Schon dieses fiel uns reichlich schwer.

Sie sind recht wenig kompetent
Und zudem schlecht organisiert.
Auch sind sie stark introvertiert.
Ich bin von oben informiert.
Die Überstunden, die Sie leisten
Sind im Gehalt schon abgegolten.
Und überhaupt, was wollen Sie?
Einen Bonus zahln wir nie.

Nun, Frau Maier, sehn Sie ein,
Sie verdienen mehr als gut.
Mehr als Tarif, will ich wohl sagen.
Haben Sie noch weit´re Fragen?

Ein bisschen Sex

Vibrationen

Vibrierend,
Tausend Küsse. Zärtlich wilde Nacken-
bisse
Körper,
sich windend. Ekstatisch verzückt
Grenzenlos berauscht
Ein Aufbäumen schmerzvoller Lust
Leidenschaftlich überschäumen.
Wundervolle Sinnlichkeit
Im Kampf befreien.
An die Grenzen gehn.
Hach, das war schön.

One Night Stand

Zigarette?
Oh ja, Danke (raucht schweigend)
Es war schön
Mhm - sehr schön
(Blick in die Ferne – Ein vages Lächeln)
Leider ist es schon spät ...
Ja - leider ...
(Hoffen. Eine Bitte, dazubleiben?)
Ich denke, es ist besser, wenn ich jetzt
gehe ... (Raucht schweigend)
Wann sehen wir uns?
Ich ruf dich an.
(Verlegenheit im Blick?)
Wann? (Fragt er)

Roman-Vorschauen:

Hallo Schatz, wie war dein Tag?

**Frisch, fröhlich, frech und auch mal traurig .
Und ziemlich gepfeffert.**

Von falschen Männern, zur Midlifecrisis bis hin zum richtigen Haustier für den geliebten Nachwuchs.

Warum bleiben wir bei der Werbung vor dem Fernseher sitzen? Warum braucht ein Mensch ein Multifunktionspulssensorenmessdings?

Und wieso müssen extrovertierte Vielblubberer nicht unbedingt zu den Schaumschlägern gehören? Weshalb sind Mütter eigentlich
stets flexibel, einsatzbereit, nie krank und ...
haben eigentlich auch Männer Problemzonen?

In ihren Kurzgeschichten spielt die Erfolgsautorin Jo Berger mit Themen, die Frauen und Männer verbinden oder trennen – gute Unterhaltung!

Himmelreich und Honigduft

Inhalt:

5 Freundinnen - 1 Mission

Und die ganz große Liebe

Ohne Mütze geht sie nie aus dem Haus, ihr Herz trägt sie auf der Zunge und das einzige männliche Wesen, bei dem sie sich völlig fallenlassen kann, ist Jupp, ihre Hängematte.

Charlotte, genannt Schoscho, lebt als Tauchlehrerin an einem der schönsten Plätze der Welt. Hier, an der Küste des Roten Meeres kann sie gleichzeitig ihrer Leidenschaft fürs Tauchen nachgehen und ihrer Vergangenheit mit all ihren Problemen ausweichen.

Leider ist Himmelreich überall, und so findet Schoscho sich gegen ihren Willen bald zurück in der alten Heimat – und bis zum Hals in Schwierigkeiten.

Mit Josh, ihrer alten Liebe, hatte sie längst abschließen wollen. Jetzt ist er wieder da, immer noch ein Typ zum Niederknien, und es ist schwer, ihm in dem kleinen Dorf ... Verzeihung, der kleinen Stadt ... aus dem Weg zu gehen. Gleichzeitig nehmen die Ermittlungen rund um Natties Tod Fahrt auf. Endlich gibt es einen Verdächtigen, und alle Freundinnen sind sich einig: Ihn lassen sie nicht davonkommen.

»Himmelreich und Honigduft« ist der dritte Band zu einer fünfteiligen Romanreihe der Autorinnen Emma Wagner, Lana N. May, Jo Berger, Violet Truelove und Mia Leoni.

Ein Engel für Jule

Jule liebt den falschen Mann. Und Jule will es nicht wahrhaben. Sie steht kurz vor ihrem 30. Geburtstag und hat nur einen Wunsch: ihren Lebensgefährten Simon heiraten. Doch sie ahnt nicht, dass sie einem notorisch Untreuen aufsitzt. Sämtliche Versuche der Freundinnen, Simon als das zu entlarven, was er ist, werden von Jule ausnahmslos ignoriert. Da kann nur noch ein Wunder helfen. Aber die gibt es ja nicht. Oder doch?

Bedingt Wetterfest

»Erkennst du Mr. Right, wenn er vor dir steht?«

Emmas Leben läuft völlig aus dem Ruder. Nach der Trennung von einem peniblen Perfektionisten stürzt sie sich mit Begeisterung ins Singleleben. Aber wann ist ein Mann der Richtige?

Sie ist sich bei keinem sicher, aber alleine bleiben will sie auch nicht.

Zu allem Überfluss muss die junge Frau nicht nur ihre Frustpfunde auf den Hüften loswerden,

sondern in erster Linie das Vertrauen die Männerwelt und – vor allen Dingen – in sich selbst wiedererlangen. Doch das starke Geschlecht macht es Emma nicht leicht. Tritt es doch in Form von diversen Schönlingen auf, als steife Vorgesetzte im Büro oder als herzlose Automechaniker. Wie gut, dass es beste Freundinnen gibt.

Witzig. Spritzig. Frech.

Begleiten Sie Emma in ein neues Leben und lesen Sie die Geschichte »von einer, die auszog, das Lieben zu lernen«.

Leonardos Zeichen

»Du liegst hier neben mir und in meiner Brust ist ein Gefühl, als müsse ich sterben, so bezaubernd bist du.«

(Leonardo)

Anna beginnt ein ganz neues Leben mit Leonardo in Italien. Der kehrt nach dem Tod seiner Eltern nach Kalabrien zurück, um dort sein altes Elternhaus zu beziehen.

Doch Annas Mutter ist mit der Entscheidung ihrer Tochter gar nicht einverstanden. Zu allem Überfluss sieht das Annas Exfreund Marc ebenso. Er lässt Anna einfach nicht in Ruhe. Dem nicht genug, bringt ein schlichtes Schild gehörig Tempo in Leonardos und Annas Leben und sorgt dafür, dass die Jungverliebten kaum Zeit füreinander finden.

Und …, ist Anna tatsächlich bereit für eine neue Liebe?

Eine Geschichte über den Mut einer jungen Frau, über die Liebe und ihre Kraft.

Kontakt

Haben Ihnen die Texte gefallen? Dann würde ich
mich ganz besonders über eine Rezension bei
Amazon freuen.

Besuchen Sie mich auf meiner Homepage oder
auf der Facebook-Seite:

www.jo-berger.com

www.facebook.com/JoBergerAutorin

WIR LESEN UNS?